1909 - Mai 19

VENTE
Du Mercredi 19 Mai 1909
HOTEL DROUOT, SALLE N° 1
A DEUX HEURES

TABLEAUX MODERNES

Aquarelles

DESSINS — PASTELS

COMMISSAIRE-PRISEUR
Me HENRI BAUDOIN
Successeur de M. Paul CHEVALLIER

EXPERT
M. Th. BONJEAN

CATALOGUE

DE

Tableaux Modernes

AQUARELLES, DESSINS, PASTELS

Par

ALLONGÉ, BÉRAUD, BIDA, BOUDIN, BOUGUEREAU, CASANOVA, CHAPLIN, DE COCK, COURBET, DAMOYE, DAUBIGNY, DELPY, DETAILLE, DEVEDEUX, J. DUPRÉ, FANTIN-LATOUR, FORAIN, GUILLAUME, GŒNEUTTE, GUILLAUMIN, HARPIGNIES, ISABEY, JUNDT, LANDELLE, LEBOURG, MAD. LEMAIRE, LEWIS-BROWN, MARAIS, RENOUF, RIBOT, RICHET, ROCHEGROSSE, ROLL, TH. ROUSSEAU, ROYBET, VOGLER, ZIEM, ETC.

DONT LA VENTE AURA LIEU A PARIS

HOTEL DROUOT, SALLE N° 11

Le Mercredi 19 Mai 1909

à deux heures

COMMISSAIRE-PRISEUR	EXPERT
Me HENRI BAUDOIN	**M. TH. BONJEAN**
Successeur de M. PAUL CHEVALLIER	10, rue Laffitte
10, rue Grange-Batelière	PARIS

EXPOSITION PUBLIQUE

Le Mardi 18 Mai 1909, de 2 heures à 6 heures

CONDITIONS DE LA VENTE

Elle sera faite au comptant.

Les adjudicataires paieront *dix pour cent* en sus des enchères.

Paris. — Imp. de l'Art, Ch. Berger, 41, rue de la Victoire.

DÉSIGNATION

AQUARELLES, DESSINS

PASTELS

ALLONGÉ

1 — *Moulins en Hollande.*

Aquarelle. Haut., 37 cent., larg, 26 cent.

AMAN-JEAN

2 — *Femme à la rose.*

Signé en bas à gauche.

Pastel. Haut., 90 cent.; larg., 45 cent.

BIDA

3 — *Turcs jouant aux échecs.*

Signé en bas à gauche.

Dessin. Haut., 24 cent.; larg., 28 cent.

(*Collection G. Feydeau.*)

BIDA

4 — *Scène biblique.*

Sépia.

BINET (Ad.)

5 — *Jeune Fille.*

Signé en bas à droite.

Pastel. Haut., 55 cent.; larg., 45 cent.

CHAPLIN (Ch.)

6 — *Jeune Femme se coiffant.*

Sanguine. Haut., 28 cent.; larg., 19 cent.

DAUBIGNY (Ch.)

7 — *La Machine hydraulique.*

Signé en bas à droite.

Dessin sur bois. Haut., 22 cent.; larg., 31 cent.

(*Collection Ch. Yriarte.*)

DAUBIGNY (Ch.)

8 — *Le Gué.*

Signé en bas à droite.

Dessin sur bois. Haut., 22 cent.; larg., 31 cent.

(*Collection Ch. Yriarte*)

FLERS

9 — *Bords de rivière.*

Signé en bas à gauche.

Pastel. Haut., 24 cent.; larg., 34 cent.

FORAIN

10 — *Comme c'est curieux.....*

Dessin rehaussé. Haut., 31 cent.; larg., 24 cent.

FORAIN

11 — *Cœur simple.*

Dessin rehaussé. Haut., 26 cent.; larg., 24 cent.

GUILLAUME (ALBERT)

12 — *Baigneuse.*

Aquarelle. Haut., 38 cent.; larg., 28 cent.

GUILLAUME (ALBERT)

13 — *Voilà mon ami.....*

Aquarelle. Haut., 28 cent.; larg., 22 cent.

GUILLAUME (ALBERT)

14 — *Le Royaume des femmes.*

Dessin rehaussé. Haut., 30 cent.; larg., 7 cent.

HARPIGNIES

15 — *Un Jardin à Olsenne.*

Signé en bas à gauche.

Aquarelle. Haut., 28 cent.; larg., 37 cent.

HARPIGNIES

16 — *Le Pont-Neuf.*

Signé en bas à gauche.

Aquarelle. Haut., 36 cent.; larg., 25 cent.

HARPIGNIES

17 — *Clair de lune à Briare.*

Signé en bas à droite.

Aquarelle. Haut., 15 cent.; larg., 23 cent.

HARPIGNIES

18 — *Environs de Morlaix.*

Signé en bas à gauche.

Aquarelle. Haut., 27 cent.; larg., 18 cent.

ISABEY (E.)

19 — *L'Exhumation.*

Signé en bas à droite.

Aquarelle. Haut., 20 cent.; larg., 25 cent.

ISABEY (E.)

20 — *Marines.*

Deux dessins dans un même cadre.

LEMAIRE (Mme Madeleine)

21 — *Rêverie.*

Aquarelle. Haut., 36 cent.; larg., 26 cent.

LEMAIRE (Mme Madeleine)

22 — *Corbeille de fruits.*

Aquarelle. Haut., 27 cent.; larg., 38 cent.

LOIR (Luigi)

23 — *Vue de Paris. Place de la Nation.*

Signé en bas.

Aquarelle. Haut., 18 cent.; larg., 35 cent.

23 *bis* — *Fête foraine.*

Signé en bas.

Aquarelle. Haut., 19 cent.; larg., 32 cent.

MUNCH

24 — *Paysage.*

Aquarelle. Haut., 18 cent.; larg., 27 cent.

NOEL (Jules)

25 — *Paysage avec cours d'eau.*

Aquarelle. Haut., 14 cent.; larg., 22 cent.

NOEL (Jules)

26 — *La Chaumière.*

Dessin rehaussé de blanc.

Haut., 14 cent.; larg., 22 cent.

ROCHEGROSSE

27 — *Algérienne.*

Crayon noir. Haut., 40 cent.; larg., 29 cent.

ROLL

28 — *Étude de personnages.*

Signé à gauche.

Pastel. Haut., 49 cent.; larg., 80 cent.

ROTIG (G.-F.)

29 — *Cerf et Biches à la reposée.*

Signé en bas à droite.

Gouache. Haut., 21 cent.; larg., 27 cent.

TROYON (D'après)

30 — *La Route du marché.*

Gravure.

VOGLER (P.)

31 — *Paysage.*

Pastel. Haut., 30 cent.; larg., 50 cent.

ÉCOLE MODERNE

32 — *Portrait de Jeune Femme en costume Louis XV.*

Pastel ovale. Haut., 68 cent.; larg., 55 cent.

TABLEAUX MODERNES

BÉRAUD (JEAN)

33 — *Les Grands Boulevards devant le Vaudeville.*

Signé en bas à gauche.

Bois. Haut., 35 cent.; larg., 28 cent.

BÉRAUD (JEAN)

34 — *Courses à Longchamp. L'Arrivée.*

Signé à droite et daté de : *1886*.

Haut., 36 cent.; larg., 54 cent.

BOUDIN (E.)

35 — *Abbeville.*

Signé en bas à gauche.

Haut., 46 cent.; larg., 38 cent.

BOUDIN (E.)

36 — *Moulin à Pont-Aven.*

Signé en bas à droite.

Haut., 46 cent.; larg., 65 eent.

BOUDIN (E.)

37 — *Soleil couchant, marée basse.*

Signé en bas à gauche.

Bois. Haut., 24 cent.; larg., 32 cent.

BOUDIN (E.)

38 — *Bassin de Fécamp.*

Signé en bas à gauche.

Haut., 40 cent.; larg., 55 cent.

BOUDIN (E.)

39 — *Barques sur la grève.*

Signé en bas à gauche et à droite.

Haut., 40 cent.; larg., 55 cent.

(*Collection G. Feydeau.*)

BOUGUEREAU (WM)

40 — *Scène romantique.*

Signé à gauche et daté : *1850.*

Toile. Haut., 40 cent.; larg., 32 cent.

CASANOVA Y ESTORACH

41 — *Un Cardinal.*

Toile. Haut., 45 cent.; larg., 37 cent.

CASANOVA Y ESTORACH

42 — *Un Cardinal.*

Toile. Haut., 45 cent.; larg., 37 cent.

CHAPLIN (CH.)

43 — *Jeune Femme en rose,*

Toile. Haut. 23 cent.; larg., 19 cent.

CHARDIGNY

44 — *Tête de bull-dog.*

Toile. Haut., 31 cent.; larg., 39 cent.

COCK (C. DE)

45 — *Route sous bois.*

Signé en bas à droite.

Bois. Haut., 58 cent.; larg., 48 cent.

COLIN (G.)

46 — *Marine.*

Signé en bas à droite.

Toile. Haut., 55 cent.; larg., 65 cent

COURBET (GUSTAVE)

47 — *Source du Doubs.*

Toile. Haut., 38 cent.; larg., 55 cent.

DAMOYE (E.)

48 — *Bords de la Seine.*

Bois. Haut., 21 cent.; larg., 40 cent.

DELPY (H.-C.)

49 — *Le Soir à Saint-Pierre-la-Garenne.*

Signé en bas à droite.

Haut., 42 cent.; larg., 72 cent.

DELPY (H.-C.)

50 — *Vue à Portijoie (Eure).*

Bois. Haut., 43 cent.; larg., 67 cent.

DESBROSSE (Jean)

51 — *Cavalier sous bois.*

Toile. Haut., 40 cent.; larg., 25 cent.

DETAILLE (Édouard)

52 — *Un Grenadier.*

Signé à droite et daté.

Bois. Haut., 27 cent.; larg., 9 cent.

DEVEDEUX (L.)

53 — *Jeunes Orientales.*

Signé à gauche et daté de : *1856.*

Toile. Haut., 47 cent.; larg., 58 cent.

DUPRÉ (Jules)

54 — *Marine.*

Signé en bas à gauche.

Haut., 25 cent.; larg., 42 cent.

(*Collection F. Humbert.*)

FANTIN-LATOUR

55 — *Nymphe et Amour.*

Signé en bas à droite.

Toile. Haut., 37 cent.; larg., 27 cent.

FANTIN-LATOUR

56 — *La Vierge et l'Enfant.*

Signé en bas à gauche.

Toile. Haut., 34 cent.; larg., 33 cent.

FEYEN-PERRIN (Attribué à)

57-58 — *Pêcheuses.*

Deux études sur toile.

GIRARDET (JULES)

59 — *Jeune Femme.*

Signé en bas à droite.

Haut., 41 cent.; larg., 29 cent.

GODIN (G.)

60 — *Crépuscule. Marine.*

Toile. Haut., 27 cent.; larg., 46 cent.

61 — *Rentrée des Sardiniers. Effet de lune.*

Toile. Haut., 35 cent.; larg., 45 cent.

62 — *Vue de Notre-Dame.*

Toile. Haut., 45 cent.; larg., 55 cent.

GŒNEUTTE (NORBERT)

63 — *L'Approche de l'orage.*

Signé à gauche.

Toile. Haut., 97 cent.; larg., 1 m. 30 cent.

GOUPIL (Léon)

64 — *Jeune Fille en buste.*

Bois. Haut., 37 cent.; larg., 30 cent.

GUÉDY

65 — *Paysage avec cours d'eau.*

Bois. Haut., 16 cent.; larg., 26 cent.

GUILLAUMIN

66 — *Paysage.*

Signé en bas à droite.

Toile. Haut., 66 cent.; larg., 92 cent.

HARPIGNIES

67 — *Paysage.*

Signé en bas à gauche.

Bois. Haut., 12 cent.; larg., 19 cent.

HARPIGNIES

68 — *Paysage.*

Signé en bas à gauche.

Toile. Haut., 15 cent.; larg., 28 cent.

ISENBART

69 — *Les Bords du Doubs.*

Toile. Haut., 70 cent.; larg., 1 m. 2 cent.

ISENBART

70 — *Cours d'eau dans les rochers.*

Toile. Haut., 70 cent.; larg., 1 m. 2 cent.

JUNDT (G.)

71 — *Jeune Femme au bord de la mer.*

Signé en haut à gauche.

Toile. Haut., 1 m. 20 cent.; larg., 80 cent.

JUNDT (G.)

72 — *Baigneuse.*

Bois. Haut., 47 cent.; larg., 59 cent.

LANDELLE (Ch.)

73 — *Hésione enchaînée au rocher.*

Bois. Haut., 33 cent.; larg., 24 cent.

74 — *Étude pour le tableau : « Le Droit moderne ».*

Toile. Haut., 55 cent.; larg., 35 cent.

75 — *Étude pour la Renaissance.*

Toile. Haut., 65 cent.; larg., 49 cent.

76 — *Jeune Fille fellah.*

Toile. Haut., 61 cent.; larg , 50 cent.

77 — *Femme arabe dans un jardin.*

Toile. Haut., 54 cent.; larg., 38 cent.

LAVIEILLE (Eug.)

78 — *Les Meules.*

Bois. Haut., 15 cent.; larg., 32 cent.

LEBOURG

79 — *La Machine de Marly.*

Toile. Haut., 36 cent.; larg., 58 cent.

LEBOURG

80 — *Sentier à Vetheuil. Effet du matin.*

Toile. Haut., 36 cent.; larg., 58 cent.

LEBOURG

81 — *Vue panoramique.*

Toile. Haut., 38 cent.; larg., 64 cent.

LECOMTE (Victor)

82 — *Effet de lumière.*

Bois. Haut., 15 cent.; larg., 22 cent.

LECOMTE (Victor)

83 — *Jeune Femme écrivant.*

Bois. Haut., 24 cent.; larg., 33 cent.

LÉPINE (S.)

84 — *Rivière au clair de lune.*

Toile. Haut., 31 cent.; larg., 49 cent.

LEPRINCE (Léopold)

85 — *Le Marché.*

Signé à gauche.

Toile. Haut., 36 cent.; larg., 45 cent.

LEWIS-BROWN

86 — *Cavalier en habit rouge.*

Signé en bas à droite.

Bois. Haut., 24 cent.; larg., 15 cent.

MARAIS (Ad.)

87 — *Lisière de bois à l'automne.*

Signé en bas à droite.

Toile. Haut., 75 cent.; larg., 1 mètre.

(*Salon de 1902.*)

MARCE (Victor)

88 — *Les Hauts Fourneaux.*

Toile. Haut., 48 cent.; larg , 59 cent.

DE MARNE

89 — *Paysage et animaux.*

Signé en bas à droite.

Bois. Haut., 33 cent.; larg., 42 cent.

MOREAU (Ch.)

90 — *Scène d'intérieur.*

Bois. Haut., 36 cent.; larg., 45 cent.

NOEL (Jules)

91 — *Marine.*

Signé en bas à gauche.

Bois. Haut., 40 cent.; larg., 55 cent.

NOEL (JULES)

92 — *Cour de ferme.*

Signé à droite.

Toile. Haut., 38 cent.; larg., 54 cent.

RENOUF (E.)

93 — *Le Banc du Ratier, près Honfleur.*

Bois. Haut., 30 cent.; larg., 40 cent.

RIBOT (TH.)

94 — *Nature morte.*

Bois. Haut., 23 cent.; larg., 32 cent.

RICHET

95 — *Soleil couchant. Effet d'orage.*

Signé en bas à gauche.

Toile. Haut., 65 cent.; larg., 92 cent.

RIEDER (M.)

96 — *Scène d'intérieur. Effet de lumière.*

Toile. Haut., 37 cent.; larg., 45 cent.

ROBBE

97 — *Vaches au pâturage.*

Bois. Haut., 56 cent.; larg., 71 cent.

ROUSSEAU (Philippe)

98 — *Basse-Cour.*

Signé en bas à droite.

Bois. Haut., 50 cent.; larg., 65 cent.

ROYBET (F.)

99 — *Le Bouffon.*

Toile. Haut., 54 cent.; larg., 45 cent.

ROZIER (Jules)

100 — *La Prairie.*

Toile. Haut., 26 cent.; larg., 21 cent.

RUBENS (D'après P.-P.)

101 — *Henri IV reçoit le portrait de Marie de Médicis.*

Toile. Haut., 50 cent.; larg., 38 cent.

SURAND

102 — *Venise.*

Signé à droite et daté de : *1885.*

Toile. Haut., 68 cent.; larg., 90 cent.

TENTE CATE

103 — *Vue de Notre-Dame de Paris.*

Signé à droite et daté : *1904.*

Toile. Haut., 60 cent.; larg., 72 cent.

VON THOREN (Otto)

104 — *Vaches au pâturage.*

Signé en bas à droite.

Haut., 70 cent.; larg., 1 m. 15 cent.

ZIEM

105 — *Le Jardin Français à Venise.*

Signé en bas à droite.

Toile. Haut., 70 cent.; larg., 1 m. 10 cent.

(*Collection Paul Baudry.*)

ÉCOLE MODERNE

106 — *Le Châtaignier.*

Toile. Haut., 32 cent.; larg., 45 cent.

ÉCOLE MODERNE

107 — *La Fille de Charlemagne.*

Haut., 49 cent.; larg., 35 cent.

ÉCOLE FRANÇAISE (XIXe siècle)

108 — *La Rencontre en forêt.*

Toile. Haut., 33 cent.; larg., 42 cent

109 — *Le Déjeuner dans les bois.*

Toile. Haut., 33 cent.; larg., 42 cent.

ÉCOLE ITALIENNE

110 — *Suzanne et les Vieillards.*

Toile. Haut., 92 cent.; larg., 1 m. 15 cent.

www.ingramcontent.com/pod-product-compliance
Ingram Content Group UK Ltd.
Pitfield, Milton Keynes, MK11 3LW, UK
UKHW020229180726
13838UKWH00005B/2277